流星は魂の白い涙

洞口英夫

思潮社

流星は魂の白い涙——

洞口英夫

洞口英夫詩集

目次

装幀＝思潮社装幀室

流星は魂の白い涙——

洞口英夫

とびかっている魂

空中がひらかれていて
異界のなかにいた

空中の割れ目から
　飛び出してくる
　　得体のしれない
　　　白い光の球が
いくつもとびかっている

これらはまだ

人に入ってない魂なのか
産れてくる嬰児が
たりないので
人に入っていけない
魂が
　とびかっているのか
空中がひらかれ
異界のなかにいた

（平成三十一年四月十日）

黒い生き物

黒いヤミとの
さかいがないような
黒い生き物が
うごめいている

さかいがないようで
ときおりうごくので
黒いヤミとのちがいがでて
黒い生き物がいるのが
わかるくらい

黒い生き物が
巨大化したガンなのか
暗黒生物なのか
見えないダークエネルギーなのか
わからないが
私にはみえるのです

（平成二十九年五月三十一日）

熊

自分が誰であったのかも
わからず檻の中を
うごいている熊のように
私は私であるとおもって
部屋のなかを
うごいている

自分が自分であると思っているだけで
自分がかっての自分でないように
檻の中の熊も熊でなかったのかも

しれないとおもう

自分がかっての自分で
なくなっている姿が
今の自分なのだとおもう
檻のなかの熊のように

（平成三十年十月二十一日）

長居

すっかり夢の住民になって
そこに住みついていたので
私はこっちの人間であるのを
忘れて
長居してしまった

そこで
番頭になり所帯持ち
長年住みついてしまったので

私はこっちの住民であるのを
なくしてた

（平成二十七年五月二十一日）

魂

夜明けの
青闇が
夜明けの青闇が
なぜこんなに
　哀切なのか
　　郷愁を覚えるのか

私は
　ここを透って

母の中に
はいった

（平成二十五年三月二十一日）

青空

ありったけの郷愁をこめて
自分が落ちたあたりの青空を見る

青空で
自分が落ちた破け穴は
消えているが

ありったけの郷愁をこめて
青空を見る

自分が落ちたあたりの
青空を見る

（平成二十六年十二月五日）

部屋

自分が一人しかいないのを確かめて
部屋を出る

何か物音がして
ふと横をみると
私がそこにいるかんじがして
もういちど
横をみる

私はいつも

部屋を出るとき
自分のほかにもう一人自分がいないかみる
この部屋には誰れもいないが
誰れかいる

（平成二十七年三月十九日）

どこかの街の夕ぐれ時

どこかの街の
夕ぐれ時
東北の
魚屋の前を歩いていた

店の前には
串にさされた魚が
炭火のおきのまわりに
いくつもさしてあって
それがいいにおいがして

一ツ買って歩きぐい
したこともあった

どこかの街の
夕ぐれ時
東北の
魚屋の前を歩いていた

（平成二十九年九月二十三日）

野の花

花が花と咲いている
美しさよ

ああ　なんと私は
多くの時を無駄に
　過ごしてしまったんだろう

花が花と咲いている
野の花よ

ああ　なんと私は
多くの時を無駄に
　過ごしてきたんだろう

（平成二十年七月二十日）

ダークエネルギー

窓をしめカーテンを引いた部屋で
裸でくつろぐ女がいる

あらゆるものからみはなされ
一度も自分に勝ったことがない
私はもはや落ちるわけにいかなかった

私の無意識はダークエネルギー
詩人が魂の部屋で詩を書く

窓をしめカーテンを引いた部屋で
裸でくつろぐ女がいる

（平成六年九月二十九日）

宇宙は魂でできている

私が二人いる
パチンコやめたという私
パチンコいってしまう私

シャツをぬいだ妻の足が途中で消えてる
若いころの妻がベランダに立っている
たてつづけ夢におそわれる
眼を開いて閉じるたび夢が変る

魂は

宇宙に散って
ダークエネルギーとなる
宇宙は魂でできている

みえないのにいるもう一人の私
私が二人いる

（令和元年八月十五日）

お盆

私は家の中で星をみていた
全天の星をみていた

妻が帰ってきてただいまと
声がするので
玄関にいき
おかえりという

帰ってきたのは

出会った頃の26才の妻で
ミニスカートで赤い靴はいてた

（平成三十年八月十四日）

みえない生

みえない生
人はみえない生を生きているのです

ほんとは
みえない生が先で
私たちは少し遅れておなじ
うごきをする

それが私たちの正体で
おなじまちがいをくりかえす人は

みえない自分が先に
おなじまちがいをくりかえすので
おなじまちがいをくりかえすのです

それを
おれはだめな人間とおもい
世間ではあいつはだめな人間
と思うのです

（平成二十六年七月十九日）

みえないが在るおなじせかい

みえないが在る
みえないもうひとつの同じ世界
そこにはいまの私とおなじ私がいて
そこの私がつまずくと
こっちの私がつまずく

こっちの私が病気に
なるときも事故にあうときも
向こうが先で私は後なのです

私の本体は向こうで
こっちの私はどうすることもできないのが
このせかいの人の人生
それを人は天命と呼んだりしている

（平成三十年九月二十九日）

異界

このまんまが
異界になる

散歩の途中
ガクっと
はいり込んだりする
異次元

実在の人物が
眼の前の空中に

出現する
幻視

自分が二人いて
こっちの自分が
異界にはいりこんだり
あっちの自分が
こっちに出現したりする

（平成二十六年九月十一日）

夢街

夢の中でしか
行ったことのない街がある

前にも夢のなかできているので
なにもいわかんがないのだが
夢のなかでしか行くことができない

街にはみたこともない
お寺があって　大きな杉の樹があって
本堂では集まった人々に

管長が法話してた
お寺の近くの長屋では
小さな女の子がともだちと
むじゃきにあそんでいる
見たこともない　顔してた

夢のなかでしかいけない街がある

（平成十九年十二月三十日）

青闇

夜明けまえの
美しい青闇
祈りたくなるような巨星

東の空の下の青闇がうすれ
青闇がしろくなりその下が
うっすら赤みを帯び赤くなる

美しい青闇
祈りのなかにいるような青闇

青闇の教会
祈りの聖堂
夜明けまえのモスク

夜明けまえの美しい青闇

（平成十九年九月二十二日）

少年

沈んでいく夕陽を
　おしむように
　　夕陽を見る
消えていく太陽が
　自分が消えていくようにおもえ
沈んでいくのをやめてくれと
　いわんばかりに

ありったけのきもちをこめて
夕陽を見ていた

（平成二十六年一月二十二日）

離魂病

自分が自分の体から離れていくのです
〇
自分が自分の体から
抜け出ていって
バスに乗り駅前の
パチンコヤの中に
はいっていくのです
あれは
パチンコやめたと言ってた
私です

自分が自分の体から抜け出ていって
パチンコヤの中に入っていくのです
あれは
パチンコやめたと言ってた
私です
自分の体から抜け出ていって
バスに乗り駅前の
パチンコヤの中にはいっていくのです

（平成二十一年十月十五日）

待合い

妻が異界から私の夢の中に降りてきて
私の思いを叶えてくれた
妻は全裸で若くふっくらした体で
私の前にいた

（平成三十年八月十四日）

異界から抜けでてくるのは

異界から抜けでてくるのは
人か幻か幻影かなんなのか
人の形をした木のあいだの暗闇から抜け
でてくるのは
異界から抜け出てくる
異界の私か

異界の私が
私を変えようと出てきたのか
異界から私を見ていたのか

（令和元年八月八日）

それは武蔵野の野火止あたり

みえない世界を恐れよ
みえない世界はみえないだけで
この次元にはいりこんでいる

それは
武蔵野の
野火止あたりに
徘徊老人が
消えて
いるのでもわかる

あのあたりに
異次元がはいりこんで
いるのだ

それで私も
ある年のある日
気がつくと
野火止の高台めざして
歩いていた

（平成二十七年二月二十八日）

勝ちきる

どうしようもない
私が
夜の黒い岩を開ける
夜明けの最初の明かりは自分が
　あけたあかり
　　じっと夜明けのあかりをみる

（平成二十六年八月三十日）

誰れもいなくなると

誰れもいなくなるとぼくがいる
誰れもいなくならないとぼくはいない

（平成二十年十二月十二日）

出現

夢で見ていた花を見ていた

夢からさめると
夢の入口は閉じてしまい
夢のなごりもきえてしまう

陽の光が
日常が
みなれた家具が
覚えていたはずの夢を

閉じてしまう
それが
何かのはずみで
夢の中でみていた花が出てしまい
夢の中で見ていた花だとおもう

（平成二十九年十二月十七日）

魂の記憶

今日一日
自分の中ですごす
キリコの
絵の神秘と謎は
異界色の緑と黄色にある
ギャンブル依存症はなおらない病い
自分でやめるしかない
魂の記憶は
流れている魂の流れを覚えている
かってウイリアム・ブレイクの絵が

その在りかを告げていた
私は死者のように
魂の記憶に満されていく

（平成十六年五月二十七日）

だんご虫

空は悲しみに満ちていた
それはあたかも
おなじあやまちをくりかえしてしまう
のをやめられないギヤンブル
依存症の人の悲しみに似ていた
どうしようもない
かなしみ
どうしようもない
かなしみのかたまりが

どうしようもない罪のうわのせのかたまりが
私なのだとだんごむしのようにまるまるまる

（平成三十年八月十六日）

かなしみ

私が消えてしまうような
かなしみ

みえないブラックホール
の向こうの宇宙が
私の前世

私は私の家がわからない
と言う老婆に会い相談にのる
私は私に帰れないと言う自分に会い

二人して地球の外の故郷に眼をやる
死がブラックホールでその先が来世
私が犯したあやまちを私が許してくれない
私が消えてしまうような
かなしみ

（平成二十八年十一月二十七日）

蟻

蟻地獄に落ちた
　蟻のように
そこから出ようとすると
　こめこめに足をつかまえられ
　　ひきずりおとされちゃう
パチンコ地獄から
　出られなくなっている
　　私のように
蟻はすりばちのような底に
　落されるたび

少しずつ疲れその徒労で
蟻は死ぬのです

（平成二十年八月二十六日）

たった一つのことが守られないだけで

人はたった一つのことが
守られないだけで
　滅んでいく

底落ちなんてない
どこまでも底割れして落ちていく
落ちたる者は落ちたることをなしてしまう
何度決意しても
落ちた底が底割れして落ちていく

人はたった一つのことが
守られないだけで
滅んでいく

（平成十九年十二月六日）

この世の涯

人は魂を自制しなければいけないとき
自らも変容する
変らぬ者に変るのだ

あれは地球の新座市の志木駅南口
私は離人症の頭をかかえて
パチンコヤの前を
通りすぎ
この世の涯が
ここなのだとおもった

人は魂を自制しなければならないとき
自らを変容する

（平成三十一年一月二十四日）

小鳥

すべてに感覚がある
そして全てはわたしに力を及ぼそうとする
みたこともない恐い夢を
　みさせたり
小鳥をベランダの手すりに
　とまらせ
起きたばかりの私に泣き声で
　忠告させたり
小鳥は私に
「もうやめなさい

だれも助けてくれないよ」と
泣いているのです
すべてに感覚がある
そして全てはわたしに力を及ぼそうとする
みえないけどみえない力が
私に及んでいるんだとしたら
私は
ベランダの手すりにとまった
小鳥の忠告をきこう

（平成二十八年十月二日）

めくれ

昼間仕事中
空中がめくれ
魂の世が現われる

私はその幻影に驚き
ガクット体くずれ
このざま人に見られたらまずい
と体もとにもどして
なんでもなかったように
こらえた

昼間眼の前の空中が
めくれ
魂の世が現われる

（平成二十六年六月十三日）

幻視

私は夢か幻か妻かわからずに
見ていた
ベランダの鉢と鉢のあいだに
立っている
黒いセーターを着た
30代の妻を

私は若いな
こんなはずはない
いまの妻は60代のはず

30代の妻なんて
おかしいと思ったら
その幻視は
消えた

私は夢か幻か妻かわからずに
妻を見ていた

（平成二十六年十一月二十四日）

ノヴァーリス

見えないんだけど
在るんだということが
わかったダークマターダークエネルギー
その見えないものの
質量までわかったという

そのみえないものに
詩人は
「人は見えるものより
見えないものとつながっている」

と言った
ダークマターダークエネルギーが発見される
ずうっと前の
一七七二年生れの
ノヴァーリスだった

宇宙が遠くの宇宙ほど
速く膨張していることが
わかったのです
それがダークマターダークエネルギーの
在ることを語っているのです

人は見えるものより
見えないものとつながっている

（平成二十七年七月二十九日）

朝の明るさをとれば星はあるように

星が朝の明るさのなかに
　見えなくなるように
人は死の暗さのなかに
　見えなくなる

だけど
人も星も
　朝の明るさのなかに
　　死の暗さのなかに見えなくなるが
朝の明るさをとれば星はあるように

死の暗さをとれば
命はつづいている

（平成二十五年八月十八日）

虎

獲物をみた虎が
次の瞬間
口にくいちぎった獲物を
くわえている
そんな生活がしたい

（平成元年八月二十九日）

馬

私は馬で
こんな生き方を
するんじゃなかったと
水たまりの
水のんでいた

（平成二十四年四月六日）

花びらカマキリ

人間も
植物も動物も鉱物も
つまるとこ
つきつめれば光で
永遠に向って流れてる光
だとしたら
人間も
植物も動物も鉱物も
差別なんかなくて
じっと思えば

なりたいものに成れるんじゃないか
花びらカマキリのように
緑のカマキリだったカマキリが
花にたかる虫を見て
一心におもった
花びらカマキリになろうと
そしたらあるとき気がついたら
ハナビラカマキリになっていたのだ

（平成二十六年四月十四日）

流星は魂の白い涙

幻覚は
みえてる者には
在るのだ
私の前の
少女は
私から出現した

いつみても咲いている
ゼラニウム
この世の

最後の花となるのか
夜の二時すぎ
双子座あたりに
流星
おちてくる流星は
魂の白い涙

私の前に
少女が現われ消えた
幻覚はみえてる者には在るのだ

生きてる者は
みえない自分が動いてから動く
どんな不幸も
どんなまちがいも
おまえがつまずく前に
みえない自分がつまずいている

人はみな
二重身
みえない自分が動いてから動く

（平成二十四年七月一日）

綯《な》い交《ま》ぜ

こぼれた水でぬれた本を
　ふこうとしてテイシユに手をやったら
水でぬれた本がない

水でぬれた本は夢で
テイシユは眼の前にあるテイシユ

夢の中にあった
テイシユは夢の外でも
夢の中と同じ場所にある

（平成二十九年一月十三日）

その人のいかなる生も魂の運命をたどる

この世は傷ついた魂の収容所
魂が人の中にはいり傷をいやしていく
自分の傷は自分より以前のもの
魂の病いが私の病い
その人のいかなる生も
　魂の回復をたどる

その人がつまずくのも
その人がおなじあやまちをくりかえすのも
その人の中の

魂のなせるわざで
傷ついた魂が癒えていくすがた

（平成二十六年二月二十四日）

街にでる

私のいい良心はどこへ行ってしまったんだろ
私が出現したとき
なくなっていた
反物質のように
私からなくなっている

私はいつも悪心の言うまま
になってしまう
私からいなくなってしまった
私のいい良心は

どこへいってしまったんだろ
反物質の私をさがして街にでる
どこかでなくした私の半分が
歩いているのではないかと
街にでる

（平成三十年四月二十五日）

繭

くちから
汚ない内臓をつむぎだし
　美しいまゆをつくる
　　蚕
あんなに白く美しい
　白はほかにない
まるでだめな詩人が
　汚ない内臓をつむぎだし
　　作品をつくるのに似ている

自分でも自分をあざむきつづけ
みるにたえない私が
白い美しいまゆを残していった
　かいこのことをおもう
最後のイマージユ

（平成二十一年十月二日）

多摩川

遅い仕事の帰り
多摩川の上までくると
暗い多摩川の両岸の灯りが
私が出てきた景色のような
郷愁にとらえられてしまう
いつも多摩川の上までくると
私は私の暗い底に在る魂
が呼びさまされる

私はこんな景色のなかから
出てきたのかもしれない
何にもおもい出せないだけで

（昭和四十二年十一月一日）

神話

それがなんであれ
人は誰れでも
みずからを解く神話をつくる
人は自然のなかに入っていくように姿を消す
それは舞台俳優が出番が終ると
壁と同じ色のカーテンにはいって消えていく
　のに似ている
それがなんであれ
人は誰れでも
みずからを解く生きかたをする

津波にのまれて死んだ人の死も意味がある
人は魂が回復した時死んで
魂がでていく
生きている人みな
それぞれに意味がある
人それぞれの人にはいっている魂が
回復して出ていくのが死なら
人みな生きている意味がある

（平成二十七年一月十五日）

生れるまえに生れ変わる

白い波はその横の白い波と
つながりさらにその横の白い波と
つながり横一線の白い波となって
砂浜に向って押しよせる

砂浜に押しよせ引き返えす
その波のくりかえしだけが
人のいなくなった海辺で
くりかえされている

変らない海のくりかえしも
すべての事象とおなじで
永遠の一瞬
すべては永遠の一瞬でこわれていく
この砂浜も波にけずられなくなる

波が貝のかけらを残していこうが
魚やえいの死がいを
砂浜に残していこうが
砂浜は波にけずられなくなる

変らない海のくりかえしは
人のいなくなった海辺で
今も昔も昼も夜も朝も
くりかえされている

変らない人のいとなみもなくなる

いつか波にけずられなくなる
形あるものはこわれてこわれてなくなる
すべては永遠の一瞬でこわれていく

この砂浜も私も波にけずられなくなる
永遠にくみこまれていく
光の粒子となって
生れるまえの魂に生れ変わる

すべての事象はこわれてこわれてこわれて
光の粒子となる

(平成二十五年十一月五日)

神人

宇宙の涯から聞える声
心の芯からきこえるこえ
そのどちらも
　おなじことを言っている

実行しなさい
きこえてるとおりに
　しなさい
あなたにはそれができる
　あなたは神だと

（平成二十二年九月七日）

宿業の旅

いつまでたっても積らない雪を見ていた
青函連絡船のデッキの上で
三時間五〇分
海に降る雪を見ていた

どんなよい言葉もはねつけて悪をなしてしまう
煩悩の海のような私
海に降る雪はいつまでたっても積らない
どんなよい言葉も受けいれないで

はじいてしまう海のような私
海はどんなに雪が降っても積らない
海は海のままゆれるだけ
海に降る雪は積らない

青函連絡船のデッキの上で
海に降る雪を見ていた
海に降る雪は海に消えてしまう
三時間五〇分
海に降る雪を見ていた

（平成二十四年十一月二十六日）

自灯明

自分の身辺一メートルしか
見えない暗い道を歩いていた

のぼりの電車が終ったというので
北海道本線の駅まで歩くしかないと
支線のとある小さな駅で
歩くことにした
道も知らないしいないかの駅のまわりも
照明がなくて暗いので
線路を歩くことにした

自分の身辺一メートルしか見えない
それは自分の明りというか
自分の眼が感じられる
明るさのはんいが
一メートルだったのかもしれません

その暗さの中をなれて
自分の明るさで
三ツの駅を歩き
自分の泊る宿のある北海道本線の
とある駅についた

（平成三十年六月七日）

人間の数だけ魂が落ちたのだ

人間の数だけ
　魂が
　　落ちたのだ

人間の数だけ魂が地球に落ちたのだ
闇のなかの黒い流れの中で傷ついた
魂が地球に落ちたのだ
傷ついた魂は回復するまで地球で
おなじあやまちをくりかえす
傷ついた魂は地球で回復したら

闇のなかの黒い流れへ帰っていく
人間の数だけ
　魂が
　　落ちたのだ
人間の数だけ魂が地球に落ちたのだ
主はこれらの魂に飛ぶことを教えたもうた

（平成十年六月二十九日）

人みな魂の人

あなたは根源に住む人
流れ星が人になったように
人みな魂の人

詩を書いたって
生活できないの
わかっているのに

あなたは14才にして
詩人になりたいなんて

思うもんだから

70すぎても
なんの資格も技術も
身につけないままで
きてしまった

詩を書いたって
生活できないの
わかっていたのに

14才で詩人になりたいなんて
思うもんだから
こうなってしまった

あなたは根源に住む人
何んの役にもたたない詩人

そしてパチンコ依存症者
流れ星が人になったように
人みな魂の人

（平成三十一年四月五日）

洞口英夫（ほらぐちひでお）

昭和17年７月４日飛騨高山市に生まれる。
岐阜県立斐太高等学校卒業
妻―洞口久美子
子供―洞口智行、洞口夢生
現住所　埼玉県新座市新座３－４－５-302

流星《りゅうせい》は魂《たましい》の白《しろ》い涙《なみだ》

著者
洞口英夫《ほらぐちひでお》
発行者
小田久郎
発行所
株式会社思潮社
〒一六二－〇八四二　東京都新宿区市谷砂土原町三－十五
電話〇三（五八〇五）七五〇一（営業）・〇三（三二六七）八一四一（編集）
印刷・製本所
創栄図書印刷株式会社
発行日
二〇二〇年四月二十日